Catherine Certitude

戴眼鏡的女孩

派屈克·莫迪亞諾 著　桑貝 繪　邱瑞鑾 譯

紐約今天下雪，我從五十九街住的公寓窗口，看望對面大樓裏我開辦的舞蹈學校上課的情形。在大幅的玻璃後面，穿緊身衣的學生剛練習完腳尖點地和雙腿交擊的動作。我女兒在那裏擔任助教，正隨著音樂向學生示範爵士舞，好讓他們放鬆肢體。

　　待會兒我就要過去和他們一起練舞。

在這羣學生裏，有一位戴眼鏡的小女孩。她上課前都先把眼鏡擱在椅子上，就像我在她那個年紀，去狄絲邁洛娃太太那裏上課時一樣。沒有人戴著眼鏡跳舞的。我記得，在狄絲邁洛娃太太那裏跳舞的那段期間，白天練舞，我都沒戴眼鏡。當我不戴眼鏡時，

眼底的世界不再那麼粗糙，人與物銳利分明的輪廓邊線消失了，全變得朦朧、柔和；聲音也漸次低沉。它像我依偎在臉頰邊的大枕頭一樣軟乎乎、毛絨絨，我總是沉睡其中。

「你又在做夢啊，卡德琳？」爸爸問我。「該把眼鏡戴上了。」

我聽他的話戴好眼鏡，一切又變得像平常一樣堅硬、準確。透過眼鏡，我看見世界本來的面目。我不能再沉溺於夢境。

在紐約，我曾經在一個芭蕾舞團當了幾年團員。後來，我和媽媽一起開設舞蹈班，媽媽退休後，便由我獨力經營。現在則有女兒和我一起工作。其實爸爸也應該退休了，但他還拿不定主意。不過，話說回來，他要從哪兒退，哪兒休呢？我一向搞不清楚爸爸真正的職業是什麼。他和媽媽現在住在格林威治村的一間小公寓裏。總之，我們這家人沒什麼特別好談的，紐約多的是這樣的人。唯一和他人有點不同的是，我是在巴黎第十一區度過童年的。這已經是三十年前的往事了。

當時我們住在一個像倉庫一樣的地方的樓上，每天晚上七點鐘，爸爸就放下一樓倉庫的鐵捲門。這個地方像是鄉下火車站的庫房，有人寄放行李，有人寄發行李。每天都堆滿了一堆箱子和盒子。倉庫裏還有一個磅秤，磅秤的秤台很大，和地面齊高；指針刻度可以指到三百公斤，是用來秤很重的東西。

　　我從來沒看過這個磅秤秤過什麼東西。只秤過爸爸。偶爾幾次，爸爸的合夥人卡斯德拉先生不在店裏時，他就一動不動、一聲不響的站在秤台中央，雙手插進口袋，臉朝下。冥思著什麼似的凝視著秤表，秤表上的指針指著──我還記得很清楚──六十七公斤。有幾次，他對我說：

　　「要不要來，卡德琳？」

　　於是我到秤台上和他站在一起。我們兩個人就直立那裏，爸爸的手搭在我的肩上。我們動也不動，好像在照相機前擺弄姿勢一樣。我拿掉我的眼鏡，爸爸拿掉他的。四周一切都變得柔軟、飄飄然。時間靜止了。我們好舒暢。

有一天，爸爸的合夥人卡斯德拉先生撞見我們站在秤台上。

「你們在幹嘛？」他喝道。

飄飄然的氛圍消失了。爸爸和我，我們重新戴上眼鏡。

「我們在秤體重啊，你看到的。」爸爸回答。

卡斯德拉先生不屑回答我們，煩躁的踩著步子走到玻璃帷幕後面的辦公室。辦公室裏，面對面擺著兩張胡桃木製的辦公桌，桌前各有一張旋轉椅：這是爸爸和卡斯德拉先生的座位。

在媽媽離開以後，卡斯德拉先生才和爸爸一起工作。我媽媽是美國人。她二十歲時是舞團的舞者，隨舞團來巴黎巡迴演出。她就是在這個時候認識了爸爸。後來他們互訂終身，結了婚。媽媽繼續在巴黎的音樂廳跳舞，像帝國音樂廳、街頭藝人音樂廳、阿罕布拉音樂廳等處。我保存了所有媽媽演出的節目單。不過媽媽得了思鄉病。幾年後，她決定返回美國定居。爸爸答應她，等他處理好「生意上的事」，我們就去美國和她團聚。至少，爸爸是這麼對我說的。不過，後來我明白了，媽媽離開我們是另有原因。

每個星期，爸爸和我分別收到一封從美國寄來的航空信，信封四周印滿了紅藍相間的斜槓。

每封信的結尾媽媽都這麼寫：

「卡德琳寶貝，讓我緊緊的抱著你。想『唸』你的媽媽。」

媽媽有時候會寫錯字。

爸爸在我面前提到他的合夥人雷蒙‧卡斯德拉時，都是叫他綽號：「釘勾」。

「卡德琳，下午我不能到學校接你　我得和『釘勾』工作到很晚。」

卡斯德拉先生的頭髮是棕色，眼睛則為黑色，他的腰很長。直挺挺的長腰直貫腿部，以致走路時看不出來腳步在移動，人家都以為他穿著溜冰鞋滑行。

後來我才知道爸爸本來是請他來當祕書的。爸爸需要一個能把字拼對的人，而卡斯德拉先生年輕時曾經準備過文學士學位考試。於是，「釘勾」便成為爸爸的合夥人。

他有事沒事就喜歡教訓人。

他還喜歡把災難新聞公告周知。早上，他一來就坐在辦公桌前，慢慢的翻閱報紙。爸爸則坐在對面的另一張桌前，摘掉了眼

鏡。這時候，卡斯德拉先生會以他南部的口音念著災難新聞和犯罪新聞。

「你沒在聽啊，喬治。」卡斯德拉先生對爸爸說：「你心不在焉……你沒有勇氣看清楚這世界的真實面貌……你得戴起眼鏡才行……」

「真的有這個必要嗎？」爸爸說。

「釘勾」還有一個癖好：喜歡挺著胸，大聲的朗誦信件。有好幾次，我看見爸爸在打字機上聽打卡斯德拉先生朗誦商業信件，而爸爸不敢對他說──委婉的說──這些信一點用處也沒有……卡斯德拉先生一個字母、一個字母的拼讀，仔細的指明標點符號和長音音標。

爸爸常常等他轉身離開之後，隨手就把信撕掉。

「釘勾」對我也是這樣，我的作文作業他都要念給我聽寫，我只能被迫接受。雖然偶爾幾次我的作文分數很高，可是，老師在我簿子上寫的評論通常是：「文不對題」。

爸爸對我說：

「如果你覺得他『文不對題』，就把他念給你聽寫的部分撕掉，自己重寫一次。」

他不在時，爸爸會模仿他的樣子：

「分號，上引號，逗點，冒號，破折號，換一行分段，再一個破折號，下引號……」

　　爸爸還以卡斯德拉先生南部的口音來模仿，差點把我笑翻了。

　　「正經點，小姐！」爸爸說：「別忘了在 u 上面加個分音符還有，把眼鏡戴起來，看清楚這個世界的真實面貌⋯⋯」

　　一天下午，我和爸爸一起從學校回來，卡斯德拉先生要看我的成績單。他嚼著嘴裏含的煙斗把我的成績念出來。他用黑眼珠盯著我，說：

　　「小姐，我很失望，我以為你會有好成績，尤其是拼字這一科⋯⋯在你的成績單上，我卻只看到⋯⋯」

　　這時候我拿下眼鏡，什麼也聽不到了。

　　「好了，別說了，卡斯德拉。」爸爸說：「說得連我都覺得累了，讓孩子清靜清靜吧。」

　　「好，很好。」

　　卡斯德拉先生站起來，倨傲的挺起胸膛，滑行到辦公室門外。

　　他直挺挺又威儀十足的蹬著隱形溜冰鞋移開了，而爸爸和我，我們的眼睛透過眼鏡垂視下方。

來到美國以後，巴黎高城街的那家店和卡斯德拉先生似乎離我們很遙遠，遠得不禁讓人懷疑那是否存在過。一天晚上，我們在紐約中央公園散步時，我問爸爸，當初為什麼他會讓卡斯德拉先生在店裏擁有那麼大的權力，而且我們的家庭生活也由著他支配我們聽寫、聽他的道德教訓，一點也不敢打斷他。

「我沒辦法，」爸爸坦白的說：「卡斯德拉先生曾經把我從困境裏救出來。」

他從不肯告訴我其他的細節。不過，我記得有一天卡斯德拉先生很生氣，我聽見他對爸爸說：

「喬治，你應該記得，讓你擺脫法律囹圄的人才是真正的朋友。」

　　卡斯德拉結識爸爸時，他剛辭去郊區一所中學教授法文的工作。他藉著爸爸敬重他寫過書（他曾經出版過幾本詩集），圖了點便宜。在紐約我現在家裏的書架上，就有一部他的作品；這一定是爸爸在我們離開法國時，為了保存過去的點滴記憶，塞進皮箱帶來的。這本書的書名是《抒憂曲》，是作者自己編輯出版，出版登記的住址是：巴黎第十區阿凱杜克街十五號。在書的封底有幾行作者小傳：「雷蒙・卡斯德拉・朗格多克地區百花詩競賽得獎人，波爾多市的繆塞獎得獎人，暨比斯開灣──北部非洲文藝協會會員」。

爸爸和卡斯德拉先生那家店的店面，是一大片不透明的毛玻璃，阻隔了走在高城街上想一窺店內究竟的行人的好奇心。而在店面上方則有深藍色的油漆寫著：「卡斯德拉和確得定的──轉運處」。「確得定的」(Certitude) 是爸爸和我的姓。在美國這裏，這個字被念成「奢得篤定」(Tcer-ti-tiou-de)，很拗口；可是在巴黎這個字念起來清脆，很有法國味。後來爸爸向我解釋，我們真正的姓拼音很複雜，有點像：Tscerstistscekvadze 或是 Chertchetitudjvili。在二次大戰爆發前的一個夏日午後，當時還年輕的爸爸需要申請一紙出生證明，於是他到巴黎第九區的區公所辦理──當年爺爺就在這裏以 Tscerstists-cekvadze 或是 Chertchetitudjvili 的姓氏為爸爸登記出生。在這個空蕩無人、陽光明晃的身分登記處內，只有孤伶伶的一位辦事員在做事。

　　當爸爸在表格裏填寫他複雜難寫的姓時，那位辦事員歎了一口氣，然後，以機械化的動作驅趕著一大群看不見的蜜蜂、蚊子、蟋蟀，就好像爸爸姓裏的 Czer, Tser, Tits 和 Tce 所發出的ㄘㄟ聲，令他想起盤桓在他四周的昆蟲鳴響。

　　「你有一個會讓人熱起來的姓。」他一邊揩著額頭上的汗，一邊對爸爸說：「如果我們把它簡化成 Certitude（確得定的），你覺得怎麼樣？」

　　「你說好就好。」爸爸回答。

　　「好，那麼就改成『確得定的』。」

　　這也就是為什麼高城街的店招牌會寫著「卡斯德拉和確得定的－轉運處」，「轉運」是什麼意思？爸爸向來守口如瓶，對這個支吾其詞。

　　這家店做的到底是轉口、運輸、寄存，或是出口代理？

　　業務都是在半夜進行。我常常被來來去去的卡車吵醒。這些卡車停下來卸貨時，都還任由引擎發動。我從我房間的窗口看見一些人搬著箱子在店內進進出出。爸爸和卡斯德拉先生站在人行道上，掌控在半夜進行的裝卸工作。爸爸手裏拿著記事簿，看卡車卸下了什麼，運走了什麼，隨時登記下來。在一些舊文件裏，我發現了記事簿裏的一頁筆記：

時間	進貨	時間	進貨
10:30	收音機零件和螺栓	10:15	軍用靴子
11:22	襯衫、螺絲釘和毛線衫	11:15	雨衣
11:30	發電機和 ~~冰櫃~~ 電冰箱		三十克菱形瓶子
0:15	繩索和帳篷	1:30	銑床、馬達
			確得定的

圖說：「冰櫃」兩個字被劃掉，另外以卡斯德拉先生筆跡寫上「電冰箱」。
在這頁筆記的下面，我認出了爸爸潦草的簽名。

我的學校就在小旅店街，離我們家很近。爸爸打開店門口鐵捲門後，就陪我去上學。

每天早上，在上學途中，我們都會在高城街街口遇見正要赴「轉運處」上班的卡斯德拉先生。

「待會兒見，雷蒙。」爸爸說。

「待會兒見，喬治。」

他挺得直直的繼續滑行，而且愈滑愈快，因為高城街是沿著斜坡修築而成的。

我們到了學校門口，爸爸拍拍我的肩膀說：
「提起精神來，卡德琳……如果你和爸爸一樣老是拼錯字也沒關係……」

　　現在，我了解了，如果他是一個不管子女教育的父親，他就不會這麼說了。他知道卡斯德拉先生沒完沒了的訓話，以及對拼字的要求帶給我很大的壓力，因此，試著讓我放寬心。

　　每個星期有兩天我自己在學校餐廳午餐，其他幾天我都和爸爸到附近夏布洛街上一家「皮卡地」餐廳吃飯。卡斯德拉先生也每天在這裏用餐。上餐廳前，我們會在街角留意他的動向，等他進了餐廳十來分鐘後，我們才隨後跟進，以避免和他坐在同一張桌子。爸爸想單獨和我一起用餐，而且他擔心如果和卡斯德拉先生坐在一塊，他又要談到災難新聞、仁義道德和拼字。我想爸爸一定和餐廳老闆協議過，請他安排我們坐離卡斯德拉先生最遠的桌子。

　　在進「皮卡地」大門時，爸爸會對我說：

　　「我們拿掉眼鏡，卡德琳……這樣就有藉口說沒看到卡斯德拉……」

　　可是，和爸爸有生意往來的人往往會在吃飽後找到爸爸，坐到我們這桌來。

　　我在一旁聽著他們談話，卻無法完全理解。這些人很多都是棕色的頭髮、棕色的鬍鬚；身上穿著舊大衣。其中有一位戴著金邊眼鏡、紅頭髮的先生，他總是嘴巴張得開開的聽著爸爸說話。我還記得這位先生名叫「羊羔」。有一天，爸爸對他說：

　　「喂，羊羔，星座航空公司的五十個飛機座椅，感不感興趣？」

　　羊羔瞪大眼睛問：

　　「什麼的飛機座椅？」

　　「星座航空公司的，這家公司的飛機你是知道的……」

　　「你說我該怎麼處理這些個座椅？」

　　「呃，你可以，例如說，把它改裝成電影院的座椅。」

　　羊羔盯著爸爸，嘴巴開開的，跟平常一樣。

　　「哦，你真有創意……我服了你，確得定的……嗯，那好吧，就這麼說定，我買下來……我實在服了你……」

　　我從羊羔先生的眼睛裏看出他對爸爸佩服至極，而我，我對這一切也很訝異。爸爸的職業到底是什麼？有一天下午我提出這個問題問他。

「該怎麼向你解釋呢，寶貝？為了方便一些買賣在歐洲各國流通，在某些國家有人開了類似『轉運公司』的店，而且，在這些店上頭⋯⋯總之，簡單說就是有人把箱子、盒子寄給我⋯⋯我把它存放在倉庫裏⋯⋯再把它寄給別的人⋯⋯然後我又會收到箱子、盒子⋯⋯就這樣反覆進行⋯⋯」

說完，爸爸大大的吸了一口香煙。

「應該說我做的是黑箱作業。」

從四月起，每天傍晚爸爸都陪我到聖・文生・德・保羅教堂前的廣場公園。我常在這裏遇見班上的同學，和他們一起玩耍，一直玩到六點鐘爸爸才帶我回家。我遊戲時，爸爸坐在長椅上，一雙眼睛漫不經心的跟著打轉，接著會有幾位棕色頭髮、棕色鬍子，身穿舊大衣的先生——就是餐廳裏那幾個人——以及羊羔，一個輪一個的依次坐到爸爸身旁的空位上。他們不知說了些什麼，爸爸在記事簿上一一記下。

天色漸漸暗了，我們手牽手從高城街上斜斜的往下走。

爸爸說：

「卡斯德拉一定很不高興。他不明白我為什麼要和人家約在廣場公園。蠢蛋……這麼好的天氣在戶外談生意更順利……」

　　卡斯德拉先生正經八百地坐在店裏辦公桌前，等候爸爸回來。沒錯，他真的非常不高興。

　　「你做得還好吧，雷蒙？」爸爸問。

　　「總得有人留在裏頭做點事。」

　　他挺了挺胸膛。

　　「你呢，丫頭。」他以更冷淡的聲音問我：「今天下午你在學校裏讀了哪些詩人的作品？」

　　「維克多・雨果和維爾蘭。」

　　「老是這些詩人。就沒有這幾位……詩，是很浩瀚的……例如……」

　　在這時候最好別回嘴。

　　爸爸坐到他的位置上。而我，我抄著雙手站著。卡斯德拉先生從他外套裏面的口袋掏出一本詩集，詩集的作者是他自己。

　　「讓我用一首詩來示範法文詩的格律，正確的格律應該是這樣……」

他朗誦起自己的詩來，聲調單調，一隻手還依節奏打拍子。至今我都還記得其中一首詩起頭的幾行，這幾行似乎能使人感受到一種特別的溫柔：

頸子如石膏般潔白的貝蒂和你，瑪莉嬌瑟，

你們可還記得我們互訂的盟約

在那兒，在卡斯特諾達里，秋天的晚上……

我坐在爸爸腿上，聽著聽著就睡著了。過了很久，爸爸叫醒我。天已經黑了。

「他走了。」爸爸的聲音聽起來非常疲倦：「你可以把眼鏡戴起來　」

於是，我幫爸爸拉下鐵捲門。

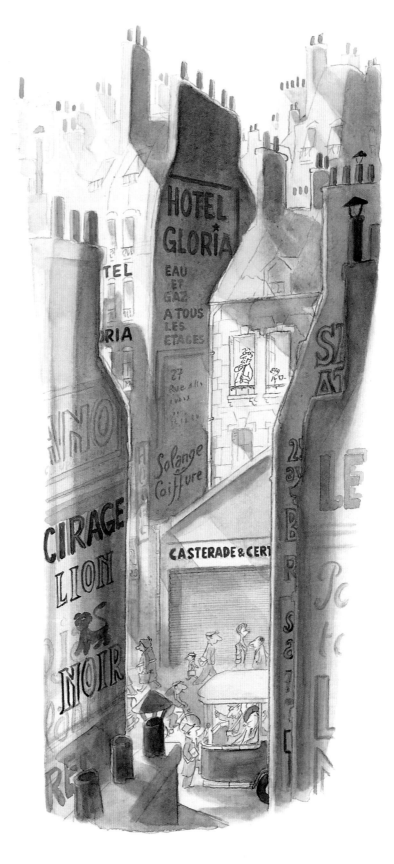

早上，爸爸叫醒我。他準備好了早餐，擱在客廳兼飯廳的桌上等著。他打開百葉窗，背對著我站在窗口，凝視窗外的景物：看層疊的屋頂，以及遠處東區火車站的彩繪玻璃窗。他常常一邊打領帶，一邊以若有所思的口吻（或偶爾幾次以堅定的口吻）說：

「人生，敬你和我！」

他刮鬍子的時候，我們照例會玩起來：他拿著沾滿刮鬍膏的刷子追著我在屋裏到處跑，想把我也塗得滿臉是泡泡。

玩夠了，我們就仔細擦拭鏡片上沾滿刮鬍膏的眼鏡。

有個星期日，我們吃早餐時，聽到店裏的門鈴響起。我幫爸爸拉開鐵捲門。一輛搭著篷架，掛著西班牙車牌的大卡車停靠在門前，三個男的正卸下一些箱子放在人行道上。爸爸請他們把箱子搬到店裏，然後打電話到卡斯德拉先生的家庭式膳宿公寓。那三個男的拿一張單據給爸爸簽收。爸爸簽完字後，卡車便引擎隆隆的開走了。

爸爸和卡斯德拉先生打開密封的箱子。裏面裝的是跳芭蕾舞的舞者塑像。

有些箱子裏的塑像受了損，我們把受損的一個個陳列在店內的架子上。爸爸重新封好其他箱子後，打電話給別人。他和對方用外國話交談。掛了電話以後，卡斯德拉先生說：

「小心啊，喬治，你又做冒險的事了……你簽收的那張單據法國海關到時候可不認帳　你記不記得你讓那一千雙奧地利製的軟皮靴闖關的事。這件事差點兒讓你吃不了兜著走……要是沒有我，你就只好在籠裏頭蹲了……」

爸爸拿下眼鏡，沉默著並不言語。晚上，又一輛卡車來把裝著舞者塑像的箱子運走，只留下受損的那些。每個晚上，爸爸和我以修復這些塑像為樂，修復好了的就整齊陳列在架子上。我們看著一排排的舞者看得出神：

「卡德琳，」爸爸對我說：「你想不想也當個舞蹈家，和媽媽一樣？」

我還記得我上第一堂舞蹈課的情形。爸爸選好了一家舞蹈教室，就在我們家附近的莫貝格街上。舞蹈老師嘉莉娜・狄絲邁洛娃走到我身邊對我說：

「你跳舞的時候不能戴著眼鏡。」

剛開始，我很羨慕同學不必戴眼鏡。對她們來說，凡事簡單多了。不過，再一想，我告訴自己其實我比較占便宜，因為我可以生活在兩個世界裏，就看我要戴上眼鏡，或是拿掉眼鏡。舞蹈的世界不是真實的人生，而是一個人們以跳躍和雙腿交擊來代替單純步行的世界。真的，這是個夢幻的世界，朦朧而溫存，就像我不戴眼鏡時的世界一樣。第一堂舞蹈課下來，我對爸爸說：

「跳舞不戴眼鏡一點也不會不方便。」

我豁達的語氣讓爸爸大為訝異。

「如果我視力正常不用戴眼鏡的話，我的舞蹈可能會跳得比較差。像現在這樣反而好。」

「你說得對。」爸爸說：「像我也是，我年輕時……如果不戴眼鏡，別人會在你的眼神裏看到某種氤氳和輕柔……這就叫魅力……」

每星期四晚上的舞蹈課，爸爸都會陪同我前往。舞蹈教室的大幅玻璃窗正朝著北區火車站。

其他同學的媽媽都坐在紅色仿皮漆布的長凳上。而爸爸，在場唯一的男士，則和大家隔一段距離，站在長凳的另一頭，時不時轉身注視他背後玻璃窗外的北區火車站、火車站月台上的燈光，並目送火車啟程遠行到他鄉──到俄國去，爸爸這麼對我說──俄國是我的舞蹈老師狄絲邁洛娃太太的故鄉。

她講話仍然有濃重的俄國腔。她都說：

「卡德爾琳 · 確而得篤定……曲兒……伸兒……馬兒步……注意姿勢兒……一、二、開　四、五、合……手兒握足……換另一邊兒做……」

　　個星期四的晚上，上完課後我忘了帶走眼鏡。那天因為爸爸要處理業務，所以我一個人回到莫貝格街的舞蹈教室尋找眼鏡。我敲門，沒有人答應。我按大樓門房的電鈴，門房給我一把教室的鑰匙。我進入教室，打開電燈開關。鋼琴上一盞燈投射出微弱的光線，映照著一方半明半暗的空間。看著這空蕩無人的舞蹈大教室，以及擺在角落的鋼琴和沒人坐的琴椅，我覺得很好玩。我的眼鏡就擱在一旁的長凳上。一股白色的燈光透過玻璃窗照射進來，燈光來自北區火車站。

　　於是我決定一個人跳舞。我只需要運用一點想像力就能在寂靜中聽見鋼琴奏出音樂，以及狄絲邁洛娃太太的提示：

　　「一、二、開　四、五、合……手兒握足……」

　　我的舞蹈一停，四周便又恢復沉寂。我重新戴上眼鏡。佇在大玻璃窗前望了一會兒火車站月台，才離開教室。

我曾經找到一張在這時期拍的照片，照片是戴金邊眼鏡、紅頭髮的羊羔拍的。我還記得，當時是星期四下午，正是我上舞蹈課之前。照片裏，我站在店門前，爸爸和卡斯德拉先生在我兩旁。卡斯德拉先生那天的心情似乎很好，他模仿我擺了一個芭蕾舞的姿勢。

照片右方，有一個女人身影，逐漸的，她喚醒了我朦朧的記憶。有天晚上，她來到爸爸的辦公室，當她要離開時我聽見她說：

「待會兒見，喬治。」

我問過爸爸她是誰。爸爸顯得很困窘，只說：

「哦，沒什麼……她是位空中小姐……」

二十年後，我再把這張照片拿給爸爸看，又問起我們旁邊的這位女士，爸爸抬眼望望天空，還是一樣地回答：

「哦……她是位空中小姐……」

我在舞蹈班上唯一的朋友，她來上課時媽媽沒有陪在身邊。她是這麼開始和我聊起來的：

「好好哦，你可以戴眼鏡。我也好想戴⋯⋯你能借我戴戴看嗎？」

她戴上眼鏡，在狄絲邁洛娃太太矯正我們姿勢的落地鏡前照了又照。

下課後，她總是請爸爸和我陪她走到附近的安維地下鐵車站。

在安維站入口附近，有位太太會在羅什舒瓦大道旁的書報攤等候她。通常她都在那裏翻看雜誌，身上穿著風衣，腳穿平底鞋，樣子看起來很嚴肅。她對我同學說：

「老是遲到，奧廸兒……」

「對不起，士官小姐。」

奧廸兒跟我說過這位士官小姐是她的家庭老師。

一天晚上，在她和士官小姐去搭地下鐵之前，她遞給我一個信函。裏面裝著一張邀請卡，卡片上用天藍色的字母鐫印著：

哈爾夫・安可瑞那先生暨夫人
邀請

喬治・確得定的和卡德琳・確得定的

參加四月二十二日星期五下午五點
在諾伊區・索塞大道二十一號舉辦的
春季雞尾酒會
請回函告知能否出席

R. S. V. P.

　　邀請卡上爸爸和我的名字是奧廸兒自己填上去的，現在我回想起來覺得十分驚訝，當時爸爸竟沒有意識到，奧廸兒送這張邀請卡她的父母並不知情。

　　「馬上寫封回函告訴他們我們接受邀請。」爸爸說。「星期五，就是明天了……」

　　他去問卡斯德拉先生的意見，他對爸爸說：

　　「我朗讀回函，你來打字。」

　　爸爸坐在辦公桌前，面對著打字機，卡斯德拉先生挺著胸膛開始念道：

　　親愛的朋友：

　　我和我的女兒有幸……受您之邀……感到非常高興……明天我們……會準時抵達……貴府……並向您致上我們……最高的敬意。

　　　　　　　　　　　　　　　　喬治‧確得定的暨女兒

　　「暨女兒？」爸爸吃驚的問題。

　　「暨女兒。」卡斯德拉先生語氣堅定的重複一次這三個字。「這是老式法文的格式。」

「這封回函今晚就得送到。」爸爸說。

他打電話給羊羔先生請他到店裏來。說有要緊的事情找他。

羊羔立即趕到。

「你能馬上把這封信帶到諾伊區的索塞大道去嗎？」爸爸說。

「現在就去？」羊羔問。

「嗯，而且我希望明天你能送我和我女兒到同一個地址，開你的小卡車來送。」

「事情太突然了，確得定的。」

「聽我說，羊羔，」爸爸說：「我把星座航空公司飛機上的前四排座椅無條件讓給你。這樣你願意幫我這個忙嗎？」

「你怎麼說，我就怎麼做。」羊羔先生說。

爸爸既緊張又迫不及待的想到奧迪兒家，參加她父母舉辦的春季雞尾酒會。

「都是些好人，安可瑞那家的人。」爸爸以一種上流社會人士的腔調不斷重複這句話。之前我從未聽過他用這種口氣說話。

吃過午飯後，我們坐在聖‧文生‧德‧保羅教堂前廣場公園的長椅上。爸爸對我說他未來的計劃。

「你知道的，我的小卡德琳……生活裏必須有點什麼才能過的更愜意……有點什麼……也就是身分、地位、人脈……我真想快點和安可瑞那家人見面……」

那天爸爸穿了一套暗棕色條紋的西裝，在決定穿這套衣服以前，他考慮再三，猶豫了好久。他先是試了一套藍色的西裝，覺得太嚴肅不適合參加春季雞尾酒會。出門時，他手裏還拿著星期天戴的呢帽。也沒忘了取手套。羊羔先生坐在他的小卡車上，在店門口等待我們。

「到諾伊區去，羊羔。索塞大道二十一號。」

他的態度好像在對他的司機下命令。羊羔先生以低速開到諾伊區，卡車沿路晃動。

我們一到索塞大道，爸爸就說：

「你可以停車了，羊羔，我們在這裏下車。」

「不，我載你們到二十一號門口……」

「你讓我們在這裏下車就好了。剩下一點路我們自己用走的。」

羊羔先生掩不住意外的神色。我們下了車。

　　「在這裏等著。別把車開到二十一號去。就在這裏等。懂吧？
我們一、兩個小時後就會回來。」

　　「你怎麼說，我就怎麼做，確得定的。」羊羔先生回答。

我們用走的走到了二十一號。這是一棟私人別墅，有花園，草坪修整得整整齊齊。屋子左邊，是地面鋪滿小石子的院子，裏頭停了許多豪華轎車。

奧迪兒在門口等候我們。

「我以為你們不來了……」

她挽起我的手臂。

「你來了我好開心……」

她帶領我們穿過大廳，走進一座內壁裝潢著紅色絲絨的升降梯。

「很好，這座升降梯，」爸爸說：「在我的辦公室和住家之間也該裝個像這樣的升降梯。」

他在撐面子，不過我看得出來他很不安。他整了整領結，又弄了弄帽子。

　　我們來到了屋頂露台。幾位穿著白色外套的侍者，端著盛放果汁和雞尾酒的托盤，在人群間穿梭。女士們穿著一身飄逸的禮服，男士們則全是輕便的休閒運動裝。有些客人站著，手裏握著杯子，有些客人坐在遮陽棚下。這時候還有些微陽光，以及和煦的春天的風。氣氛非常輕鬆自在。在這羣人裏，奧迪兒和我是唯一的小孩子。

　　爸爸好像喝醉了一樣，對在場的人一一地哈腰、握手，而且不停的直說：

　　「喬治‧確得定的，請指教。喬治‧確得定的，請指教。」

　　在眾多舉止優雅的男士、女士之間，我們終於和爸爸在露台邊碰了頭。

　　「我告訴你，卡德琳，」爸爸手裏玩弄著帽子，壓低聲音對我說：「倚著欄杆的那位瘦高個兒、金頭髮的先生，是著名的服裝設計師……還有，在他旁邊的那位穿馬褲的先生，是聖‧多明尼克島打馬球的球員……他應該是剛從巴格泰爾比賽回來……還有那位雍容華貴的女士，她是沙夏‧紀特里的太太……你看，和她說話的那位先生，有一種著名品牌的飯前酒就是他經營的酒廠製造的……在地下鐵的廣告牆上常會看到以他的名字為酒名的：杜……杜旁……杜旁尼……」

　　爸爸愈來愈激動，講話也愈來愈快。

「還有那位棕髮的先生，他是阿里‧康親王⋯⋯至少，他看起來很像⋯⋯他真的是阿里‧康親王嗎，奧迪兒？」

「呃⋯⋯是的，伯伯。」奧迪兒的樣子好像不忍讓爸爸失望。

爸爸試著加入那一群人的談話。他暗棕色的衣服在其他人淺色的夏季服裝中顯得極端突兀。

「昨天晚上我差點被我的得寶汽車害死。」那位服裝設計師指著下面一輛豪華轎車說：「不過，怎麼說我還是中意得寶的車子。」

「而我比較喜歡德拉漢汽車。」馬球球員說：「因為它的煞車沒那麼靈敏。」

爸爸把我的手握得好緊。我知道他藉此為自己打氣。

「我啊，」他努力用俏皮的口吻說：「我一向習慣開前輪驅動的車子。」

他指著下面一輛停在路口轉角的雪鐵龍。

其他人好像都沒聽見爸爸表示的意見。只有一位端著盤子、穿白色外套的侍者回話了：

「可是⋯⋯好像有人要偷您的車子。」

真的，那輛前輪驅動的車子發動了，在路口轉個彎便消失不見。

「不是啦，」爸爸說：「是司機買香煙去了⋯⋯」

　　然後，他又轉身加入舉止優雅的那群人，重拾話題。

　　「前輪驅動的車子好處是，配備了一個好引擎。」他說。

　　可是這句話也和剛剛那句一樣，被其他人的淡漠給淹沒。爸爸喝了好多雞尾酒以放鬆自己。奧迪兒始終站在我們旁邊。

　　「我希望你介紹我和你父母認識，我還沒和他們正式見過面呢。」爸爸說。

　　奧迪兒臉紅了起來。

　　「你也知道他們很忙的。」她很不好意思。

　　奧迪兒領著我們穿過賓客，走到露台另一邊。

　　一位戴著太陽眼鏡，身穿淺藍色洋裝的金髮太太，和一位深褐色頭髮的先生，他們身邊圍繞著幾位像爸爸剛剛提起的那種名人。奧迪兒小小聲的對那位金髮太太說：

　　「媽媽，我跟你介紹確得定的先生。」

　　「啊，什麼？」她媽媽漫不經心的說。

　　「很高興認識您。」爸爸鞠了個躬。

　　而她只透過太陽眼鏡瞄了爸爸一眼。

「爸爸　這位是確得定的先生。」奧迪兒想要引起深褐色頭髮那位先生的注意：「還有這位是卡德琳‧確得定的……她是我舞蹈班上的同學……」

「久仰了，先生。」爸爸說。

「您好。」奧迪兒的爸爸冷淡的和爸爸握了一下手。

他和他太太繼續和他們的朋友聊起來。

爸爸顯得有點張皇，站在原地沒動，可是他還是滿腔熱情。

「我們是坐……前輪驅動的車來的。」他說。

這句話沒聽過大腦就冒出來，就像燈塔的燈光掃過。

安可瑞那先生揚了揚眉。在太陽眼鏡後面的安可瑞那太太什麼都沒聽到。

奧迪兒帶我到她的房間玩，而等我們再回到露台時，爸爸已經加入了談話，正和一位留著鬍子、胖胖的先生閒聊。他們兩個人用一種我聽不懂的語言交談。然後，那位先生一邊走遠，一邊比著手勢：他假裝撥著電話機上的轉盤，又把手握成拳頭擱在耳朵上，意思是說：「我們再聯絡了。」

「那個人是誰？」我問爸爸。

「他是個很有地位的人，以後會提拔我。」

爸爸和我走到屋子外面。他看了一下停在路另頭的小卡車。羊羔先生從開著的車窗，舉起手臂向我們揮了揮。爸爸背過身，匆匆往樓上露台瞄一眼。露台上依然人聲沸騰，笑語不斷。

「我們得小心點。」爸爸說。

我們走向小卡車。奧迪兒跑來追上我們。

「怎麼沒跟我說再見就走了？」

奧迪兒怯生生的笑著，好像覺得對我們深感抱歉。

「是不是覺得酒會很無聊？」

「哪裏。」爸爸說；「我剛剛認識了幾位重要人士，對我很有幫助，我還要謝謝你邀請我參加呢。小奧迪兒——」他的聲音忽然持重起來：「我想，你給了我一塊踏板，此後我的事業將因這一場酒會而邁入新里程……」

奧迪兒皺了皺眉頭，不過當她發現我們要搭小卡車時，臉上露出更吃驚的表情。

「你們的車子呢？」

「剛剛被偷了，」爸爸毫不遲疑的說。

他傾身對坐在駕駛座上的羊羔先生說：

「謝謝你來接我們，夥計。麻煩你送我們到最近的一家警察局，我要報案。」

奧迪兒很專心聽著爸爸說的每個字句，她和我對望一眼，整張臉都紅透了。

接下來幾個星期，奧迪兒都沒來上舞蹈課。我很難過，便去問狄絲邁洛娃太太，也許她知道奧迪兒沒上課的原因。

「我只知道他們還欠我一個月的學費……」她對我說。

爸爸和我，我們想找他們家的電話號碼，可是在電話簿上卻找不到姓安可瑞那的，也找不到索塞大道二十一號。電話簿上的住址直接從十九號跳到二十三號。於是，我決定寫信給奧迪兒。

「沒關係，我相信塔伯利翁會告訴我奧迪兒家的電話號碼。先別難過了，女兒……我很快就會聯絡上塔伯利翁……到時候你就有奧迪兒的消息了。」

塔伯利翁……這個名字我有點記憶，而且它還觸動了我某些情緒。這位塔伯利翁曾經給爸爸許多想像的材料；隔了三十年以後，在爸爸的皮夾子裏仍保留著這個人的名片。有一天晚上，他還拿出那張已經泛黃的名片給我看：

賀內・塔伯利翁

S.E.F.I.C.

巴黎第八區拜倫爵士路一號

電話：艾麗榭八三－五〇

　　這是在春季雞尾酒會上，唯一和爸爸談話的那位客人給的名片。

　　「你還記得塔伯利翁嗎，卡德琳？」

　　嗯，我還記得那位留著鬍子、胖胖的先生，他穿著襯衫，領口敞得很開，腰上繫一條鱷魚皮的皮帶。當時他和爸爸用一種我聽不懂的語言交談。那天晚上，當我們乘坐羊羔的小卡車回諾伊區時，爸爸對我說過這麼一句話：

　　「我會永遠感謝你的朋友奧迪兒邀請我們參加今晚的酒會。我和一位塔伯利翁先生聊了很久……卡德琳，你要好好記得這個名字——塔伯利翁……多虧他，我的事業將要飛黃騰達……」

　　也就是從那時候開始，我常看見他打艾麗榭八三－五〇那支電話。可是對方常沒人接聽，爸爸只好失望的掛上話筒。偶爾幾次，我聽到爸爸接通了：

「能不能請接賀內・塔伯利翁先生？請跟他說是喬治・確得定的打來的……哦……他不在？請他回個電話給我好嗎……」

塔伯利翁從來沒回過電話。但爸爸很相信他，他的信心未曾動搖。

他常常對羊羔先生說：

「你了解吧，像塔伯利翁這樣的人才不滿意星座航空公司的座椅……他要的是一整個空軍中隊……差別就在這裏……」

而卡斯德拉先生常用諷刺的口吻問爸爸：

「喂，你的塔伯利翁呢？還是沒消息？」

爸爸聳聳肩膀答稱：

「像塔伯利翁這樣身分的人，有時候是我們很難了解的。」

個冬天的晚上，上完舞蹈課以後，我們沿著莫貝格街走路

回家。一邊走，爸爸一邊對我說：

「卡德琳，你爺爺當初這麼做是有道理的。有一天，他抵達

了北方火車站，便決定在這一區落腳。我們在高城街的那家店就

是他那時候開的。他選擇在這裏落腳，是因為離火車站近，如果

哪天想離開，也比較方便……我們離開這裏好嗎，卡德琳？你想

不想去旅行，看看一些其他國家？」

最後一次去上舞蹈課時，爸爸對我說：

「卡德琳，有件事情很有意思……很久以前我就認識你的舞蹈老師狄絲邁洛娃太太……可是她一直沒有認出我，這也難怪，因為我已經不再是從前那位小伙子了……她也變了很多。我並不是一直都在做生意……年輕時我長得滿帥的，為了賺零用錢，我到巴黎的夜總會兼差……有一天晚上，夜總會要我去頂替一個伴舞的位置　伴舞就是要陪著主秀的舞者一起跳舞……那時候我伴舞的對象正是你媽媽……當時，我們彼此並不認識……我照他們說的姿勢，把你媽媽舉起來，然後跌跌撞撞的走向舞台。當時我沒戴眼鏡……到舞台上，我一個踉蹌，兩個人都摔倒在地……我受了傷……你媽媽笑個不停……沒辦法，只好拉下布幕……從那時候開始，她覺得我人還不錯……我也是在同一家夜總會認識狄絲邁洛娃太太的……她當時也是跳主秀的舞者……」

這時候，爸爸好像怕有人在莫貝格街上跟蹤我們，偷聽我們的談話，刻意放慢腳步，彎著身子對我說：

「呃，你知道嗎，卡德琳，」他聲音壓得很低，近乎耳語：「她以前不叫嘉莉娜・狄絲邁洛娃，而叫做奧黛・瑪莎……她並不是俄國人，而是巴黎東南部郊區聖・芒德地方的人。她父母親是老實人，在當地經營一家小餐館……以前，每當夜總會沒有演出檔期的時候，她就請你媽媽和我到聖・芒德去……她是個很好的同伴……其實她講話一點也沒有俄國腔……」

到了舞蹈教室，爸爸和其他同學的媽媽坐在紅色仿皮漆布的長凳上。我們開始上課了。

我聽到本名叫做奧黛・瑪莎的狄絲邁洛娃太太，用濃重的俄國腔說：

「曲兒……伸兒……馬兒步……注意姿勢兒……一、二、開……四、五、合……」

我好想聽聽她真正的說話腔調。

舞蹈課大約在晚上七點鐘下課。狄絲邁洛娃太太最後都會對我們說：

「再見兒……下星期四兒見，孩子兒們……」

下樓梯時，我小聲對爸爸說：

「你可以過去和她講話，用她的真名叫她啊。」

爸爸笑了起來，他說：

「你是說，我可以過去對她說：你好啊，奧黛……你在聖·芒德的親戚朋友都還好嗎？」

他沉默了一會兒，又接著說：

「不，我不能這樣對她 應該讓她和她的顧客留在夢境裏……」

　　天早上，我和平常一樣急著去看信件來了沒有，因為我迫
　　不及待想知道有沒有從美國寄來給我們的兩封信。那天，
爸爸收到的來信厚厚一疊，而我則收到另一封媽媽的簡語：

卡德琳寶貝：

我想我們三個人很快就能團聚了。讓我緊緊抱著你。

媽媽

　　爸爸在他的辦公室很專心的看著媽媽的來信。在上學途中，
他對我說：

「這次從美國來了個天大的好消息！」

同一天，卡斯德拉先生在辦公室裏又要朗誦詩篇給我們聽。他單調的聲調，再加上一隻手隨著節奏打拍子，使我像聽到催眠曲一樣，睏得眼睛幾乎睜不開。

我拿下眼鏡，剛剛要睡著，爸爸突然打斷他的朗誦，說道：

「對不起，雷蒙，已經七點半了，我想帶卡德琳去夏洛餐廳吃生蠔大餐。」

卡斯德拉先生的腰桿兒挺直了起來，他不屑的看著我們，慢慢的合上他手中的那本詩集。

「你們這些人真可悲，」他說：「你們這些人真可悲，夏洛餐廳的生蠔大餐竟然比一位法國詩人重要。竟然會喜歡十來個生蠔甚於亞力山大詩體。哼，我就祝你們胃口大開。」

爸爸清了清喉嚨，非常鄭重的表示：

「雷蒙，我有很重要的事要告訴你。我和我女兒不久就要去美國了。」

爸爸這個宣布也讓我吃了一驚。我趕緊戴上眼鏡看是不是在做夢。卡斯德拉先生僵立在辦公室門口。

「去美國？你們要去美國？」

「是的，雷蒙。」

卡斯德拉先生癱在他的旋轉椅上。

「那麼我呢？」他的聲音聽起來有點無助：「你們有沒有想到我？」

「我是有想到你，雷蒙。很簡單，我把這家店留給你。我們明天再仔細談這件事。」

爸爸牽我的手，走出店頭，留下卡斯德拉先生坐在辦公桌前，一副難以置信的樣子，無意識的重複說道：

「去美國……去美國……他們以為自己是誰呀？」

「**我**今天晚上帶你上餐廳，就是要跟你說我們要出遠門⋯⋯」爸爸對我說：「對，我們要去美國⋯⋯去美國和媽媽團聚⋯⋯」

爸爸招手喚來夏洛餐廳的侍者，點了生蠔，還為我叫了一份水蜜桃聖代。他點燃一根香煙，說道：

「媽媽回美國已經三年了。和她分隔兩地，我一直很難過，可是沒辦法，她想住在自己的國家⋯⋯我答應過她，只要處理好法國這裏的生意，就立刻去和她團聚⋯⋯現在，時候到了⋯⋯我們三個人可以一起在美國生活⋯⋯回想起來，這些事媽媽早就料想到了，早在你誕生以前，當她還是梅克小姐芭蕾舞團的團員，在和我談戀愛的時候　她就對我說：亞伯──那個時候我叫做亞伯──我們結婚以後要生個女兒，我們三個人一起在美國生活⋯⋯你媽媽真有遠見⋯⋯快吃你的水蜜桃聖代啊，快融化了⋯⋯我來幫你上點英文課好嗎？」

接著，爸爸把每個音節念得很清楚的對我說：

「在英文裏，水蜜桃聖代叫做 peche Melba，不過要帶一點口音⋯⋯還有冰淇淋叫做 ice cream　」

　　我們離開餐廳時，外面天還亮著。現在是夏天。在那個時候，克利希廣場上的停靠站仍然停放著車廂外有平台的公共汽車，以及黑色和紅色的 G7 計程車等著載客。廣場上也有賣烤栗子的。

　　「我們走路回家好嗎？」爸爸說：「現在天氣涼爽，我們可以走通過蒙馬特山丘那條路回家……」

　　我們走科蘭古路回家，爸爸把一隻手搭在我的肩膀上。

　　「我買了下個月的船票去紐約……媽媽會到碼頭接我們……」

　　我好想念媽媽，分開了這麼多年以後，終於要見面了，我好高興。

　　「到了紐約，你上學學英文。舞蹈課就讓媽媽來教你。你知道嗎，她跳得比狄絲邁洛娃太太好多了……我和你媽媽認識的時候，她已經是梅克小姐芭蕾舞團的明星……而我呢，你知道的，我差點就成了伴舞者……」

　　我們走下蒙馬特山丘旁的階梯，爸爸一把捉住我，把我高高舉起，就像當年他在夜總會舉舞者一樣。我們就這個樣子沿著特律代納街步行回家。

　　「別怕，卡德琳，我不會讓你摔下來的　從那次以後，我進步很多了　」

　　接下來那個星期，爸爸和卡斯德拉先生、羊羔先生常常在店裏碰頭。我看見他們簽了好多份合同。而且，卡斯德拉先生講話愈來愈有威嚴。

　　「簽在這裏，羊羔……還有你，喬治，簽這裏……別忘了寫上『一致同意』……」

　　一天晚上，他們談妥事情以後，爸爸留在辦公室，而我聽見卡斯德拉先生步出店頭時，對羊羔先生說：

　　「從今以後，我希望光明正大的做事……不要再搞那些亂七八糟的……再也不要短視近利……要嚴守法律……你懂了嗎，羊羔？只要公司打響名氣，我們就應該依法行事……」

「那是當然的囉。」

爸爸和平常一樣到學校門口接我下課，我們沿著高城街走回家。一回到家，竟然看見一位油漆匠站在梯子上，快粉刷好店頭上的新招牌。招牌上不再是用深藍色寫的：「卡斯德拉和確得定的——轉運處」，而是寫著「卡斯德拉和羊羔——繼任的經營者」。漆成紅色的 CASTERADE（卡斯德拉）那幾個字母在陽光下閃爍，掩蓋了 CHEVREAU（羊羔）那小小幾個字母。卡斯德拉先生正站在店門前，站得直挺挺的交岔著雙臂，頗有老闆的架勢。

「他可以慢一點再換招牌的，」爸爸說：「這樣好像我們已經離開了一樣」

卡斯德拉先生在夏布洛街的皮卡地餐廳為我們餞別。那天羊羔先生也來了。吃飯前，卡斯德拉先生手裏拿著一張紙片站了起來。原來，他寫了一首詩為我們送行。

在破浪航向美國而行的船上

可別忘了在巴黎的好友

因為啊，就算紐約迷人，通衢大道奇妙

也不能背棄我們的莫蘇里公園

聽完，爸爸、羊羔先生和我都鼓了掌，我深受感動。這是我第一次從頭到尾聽完卡斯德拉先生的詩。我從頭到尾都戴著眼鏡。

聚會結束後，我和爸爸朝著聖·文生·德·保羅教堂的方向走去。我們坐在廣場的長凳上聊了起來：

「卡德琳，我們到美國以後一定能過得幸福快樂」

他點燃一根香煙，抽了起來；仰著頭，吹出圓圓的煙圈。

「我們馬上就要到新大陸了⋯⋯The New World⋯⋯不過，就像卡斯德拉說的，我們不能忘了法國⋯⋯」

那個時候，我並沒有很留心爸爸說的這番話。

直到今天，經過了這麼多年以後，我才覺得清楚的聽懂了爸爸的話，就好像我自己仍是那天下午在聖・文生・德・保羅廣場上的小女孩。

我時常想起位於小旅舍路的學校，想起在煙塵瀰漫的夏天午後，我和同學在廣場上玩耍的情景，想起我們的店，以及我和爸爸站上秤台秤體重的種種。喜歡朗誦作品給我們聽的卡斯德拉先生，以及我從沒聽過她真正語調的狄絲邁洛娃太太，也時常浮現在我腦海。

我們永遠都是一個樣子，在過去，我們曾經有過的，會一直持續到生命的盡頭。所以，永遠都有一個名字叫做卡德琳・確得定的小女孩，和他爸爸一起在巴黎第十區的街道上散步。

昨天，星期天，我和我的女兒到格林威治村看望我的父母。爸爸和媽媽復合以後，就再沒有分開，雖然媽媽時常威脅說要離他而去，因為她已經受夠了「那些情婦」──她講這幾個字的時候還是帶著美國腔。爸爸的新合夥人史密斯先生，他也和卡斯德拉先生一樣喜歡吹毛求疵，而且他還常常附和媽媽的意見。

我們搭的計程車停在爸爸媽媽住的那棟磚紅色的大樓下面。在上方，在爸媽公寓的一扇窗裏，我看見了爸爸的側影。他好像正在繫領帶。也許，他還會說：

「人生，敬你和我！」

大師名作坊 140

戴眼鏡的女孩（諾貝爾文學獎新修訂版）

作者	派屈克・莫迪亞諾
插畫	桑貝
譯者	邱瑞鑾
主編	嘉世強
美術編輯	陳文德
責任企劃	張燕宜
董事長	趙政岷
總經理	趙政岷
總編輯	余宜芳
出版者	時報文化出版企業股份有限公司
	10803 台北市和平西路三段二四〇號三樓
發行專線	（〇二）二三〇六—六八四二
讀者服務專線	〇八〇〇—二三一—七〇五・（〇二）二三〇四—七一〇三
讀者服務傳真	（〇二）二三〇四—六八五八
郵撥信箱	一九三四四七二四時報文化出版公司
	台北郵政七九 九九信箱
時報閱讀網	http://www.readingtimes.com.tw
電子郵件信箱	liter@ readingtimes.com.tw
法律顧問	理律法律事務所 陳長文律師、李念祖律師
印刷	華展印刷有限公司
修訂初版一刷	二〇一五年一月二日
修訂初版三刷	二〇一七年六月二十二日
定價	新台幣三〇〇元

時報文化出版公司成立於一九七五年，
並於一九九九年股票上櫃公開發行，於二〇〇八年脫離中時集團非屬旺中，
以「尊重智慧與創意的文化事業」為信念。

ISBN 9789571361246

Printed in Taiwan

Catherine Certitude by Patrick Modiano
Copyright © Gallimard Jeunesse, 1988

國 家 圖 書 館 出 版 品 預 行 編 目(CIP) 資 料

戴眼鏡的女孩 / 派屈克 . 莫迪亞諾著 ; 邱瑞鑾譯 .
-- 修訂初版 . -- 臺北市 : 時報文化 , 2014.11
　面 ；　公分 . -- (大師名作坊 ; 140)
ISBN 978-957-13-6124-6 (精裝)

876.57　　　　　　　　　　　　　103021718